पद्मश्री प्राण

मॉरिस हार्न, वर्ल्ड एन्सायक्लोपीडिया ऑफ कॉमिक्स के एडिटर ने कार्टूनिस्ट प्राण को 'वाल्ट डिज्नी ऑफ इंडिया' कहा है।

उनकी कॉमिक्स पीढ़ी दर पीढ़ी बढ़ते हुए नौजवानों की हमेशा साथी रही हैं। उन्होंने अपने कैरेक्टर्स 'चाचा चौधरी, साबू, श्रीमतीजी, पिंकी, बिल्लू, रमन' इत्यादि के मनोरंजन का भरपूर लुत्फ उठाया है। उनके 600 से ज्यादा टाइटल्स मार्केट में बिक रहे हैं और दर्जनों स्ट्रिप्स न्यूज पेपर्स में छप रहे हैं। चाचा चौधरी पर आधारित एक टी. वी. सीरियल के लगातार 600 एपिसोड तक एक प्रमुख चैनल पर दिखाए गए।

विश्व के कई देशों का भ्रमण कर चुके, प्राण को 'लिमका बुक ऑफ रिकॉर्ड्स' ने 'पीपुल ऑफ द ईयर अवार्ड' से सम्मानित किया है। 1983 में उनकी कॉमिक बुक- 'रमन, हम एक हैं' का विमोचन तत्कालीन प्रधानमंत्री श्रीमती इंदिरा गांधी ने किया।

प्रकाशक

बिल्लू बजरंगी की साइकिल

पापा ने नई टूल किट दी है।

कभी काम आएगी।

बजरंगी! साइकिल को कहां घसीटे ले जा रहे हो?

चल नहीं रही, ठीक कराने ले जा रहा हूं।
कहां ले जाओगे, यहीं ठीक कर लेते हैं।
हमारे पास औजार तो हैं नहीं।
मेरे पास है ना।
वाह !
TOOL
आओ साइकिल ठीक करें।
साइकिल ठीक करना मुश्किल काम नहीं।

ठीक कह रहे हो।
कुछ नट मैं भी खोलता हूं।
मेरे खयाल से हमने साइकिल की कमी दूर कर दी है।
आओ इसे वापस कस दें।
ठीक है।

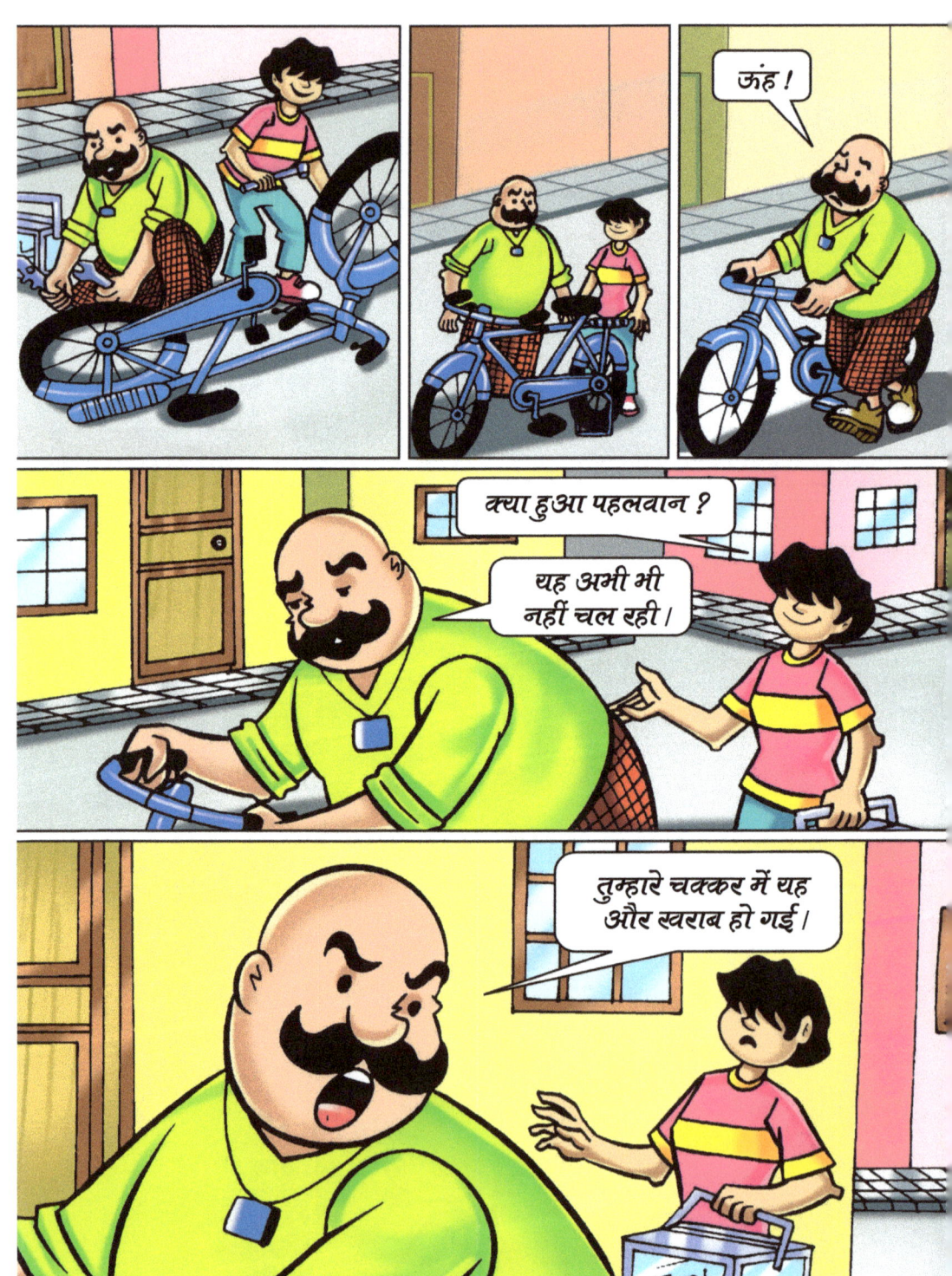

ऊंह !
क्या हुआ पहलवान ?
यह अभी भी नहीं चल रही।
तुम्हारे चक्कर में यह और खराब हो गई।

अब क्या करोगे ? गुर्र ई !
चिंता मत करो, मेरे पास तुम्हारी साइकिल चलाने का एक आइडिया है।
मैं अभी आया।
देखा पहलवान, साइकिल चल गई ना।
कमाल का आइडिया है।

बिल्लू
क्रिकेट प्लेयर बजरंगी

सटाक !

वाह !
वाऊ !

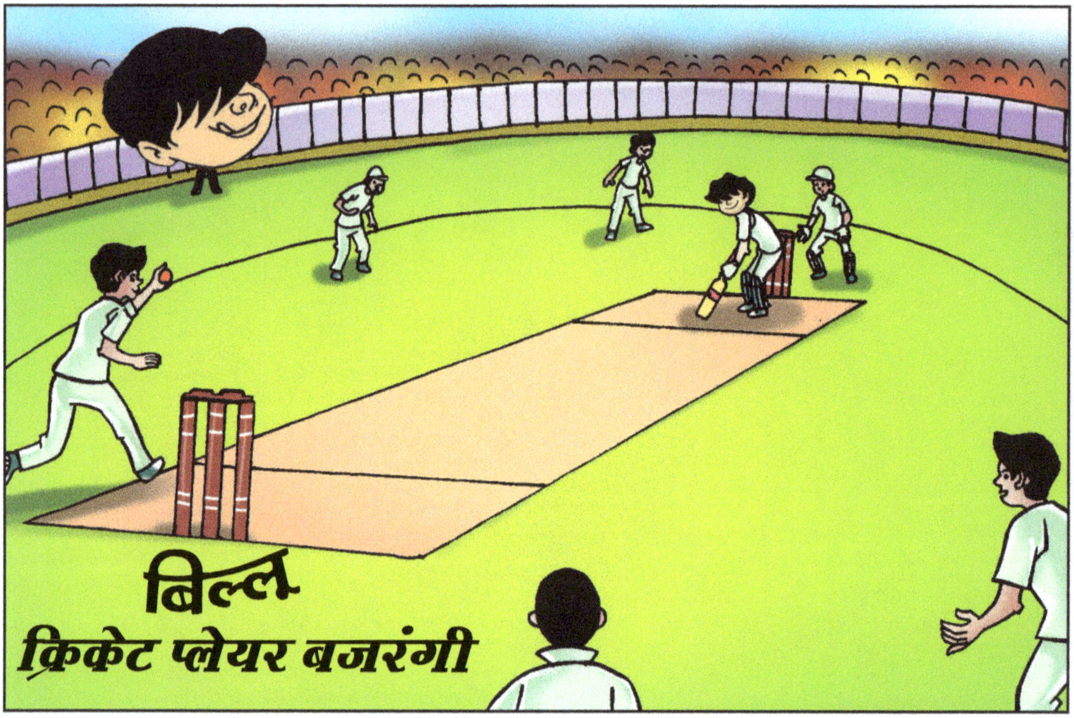

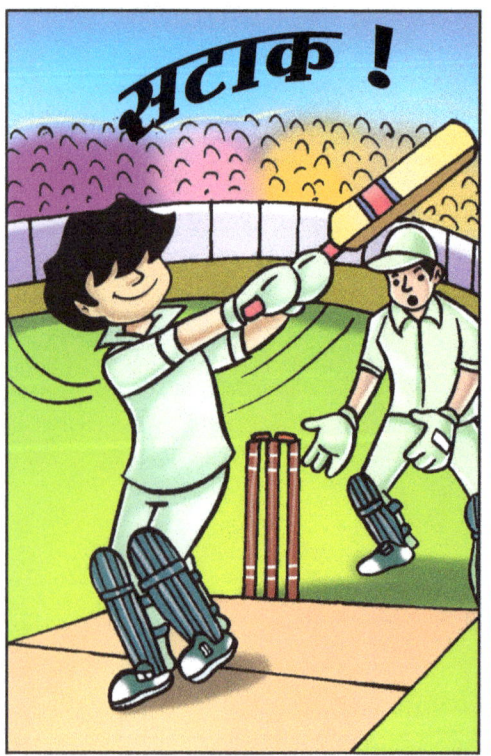

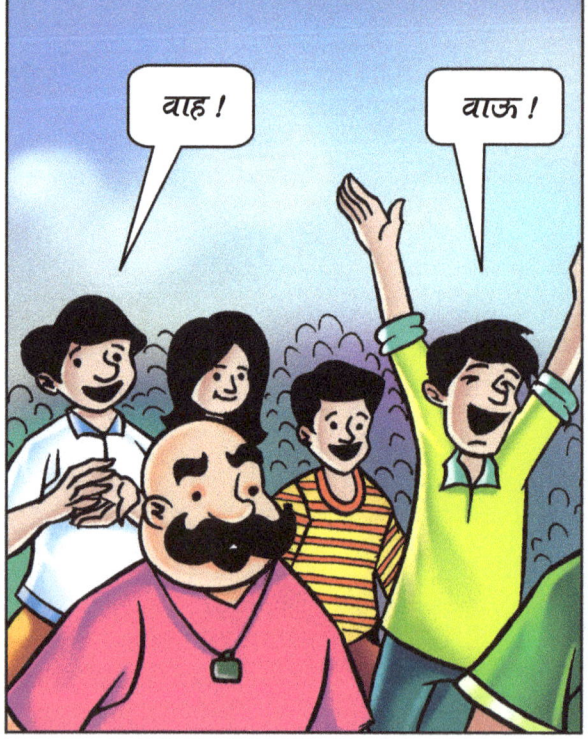

क्रिकेट अच्छा खेल है। खूब तालियां और वाह-वाही मिलती है।

मैं भी क्रिकेट खेलूंगा।

क्या है बजरंगी?

क्रिकेट बढ़िया खेल है। हम भी खेलेंगे।

नहीं तो खेलने नहीं देंगे।

लेकिन पहलवान..?

कोई लेकिन-वेकिन नहीं, मुझे क्रिकेट खेलना है।

7

बैट दो, मैं बैटिंग करूंगा।
ठीक है। हम तुम्हें खिलाने को तैयार हैं।
तो फिर लाओ, बैट।
मेरे आउट होने के बाद तुम बैटिंग कर लेना।
तब तक तुम्हें फील्डिंग करनी होगी।

चलो इतना तो मान लेते है।
यह हम फील्डिंग पर खड़े हो गए।
तो करो फील्डिंग।
पकड़ो
पकड़ो
खटाक !
हफ्फ !
खटाक !

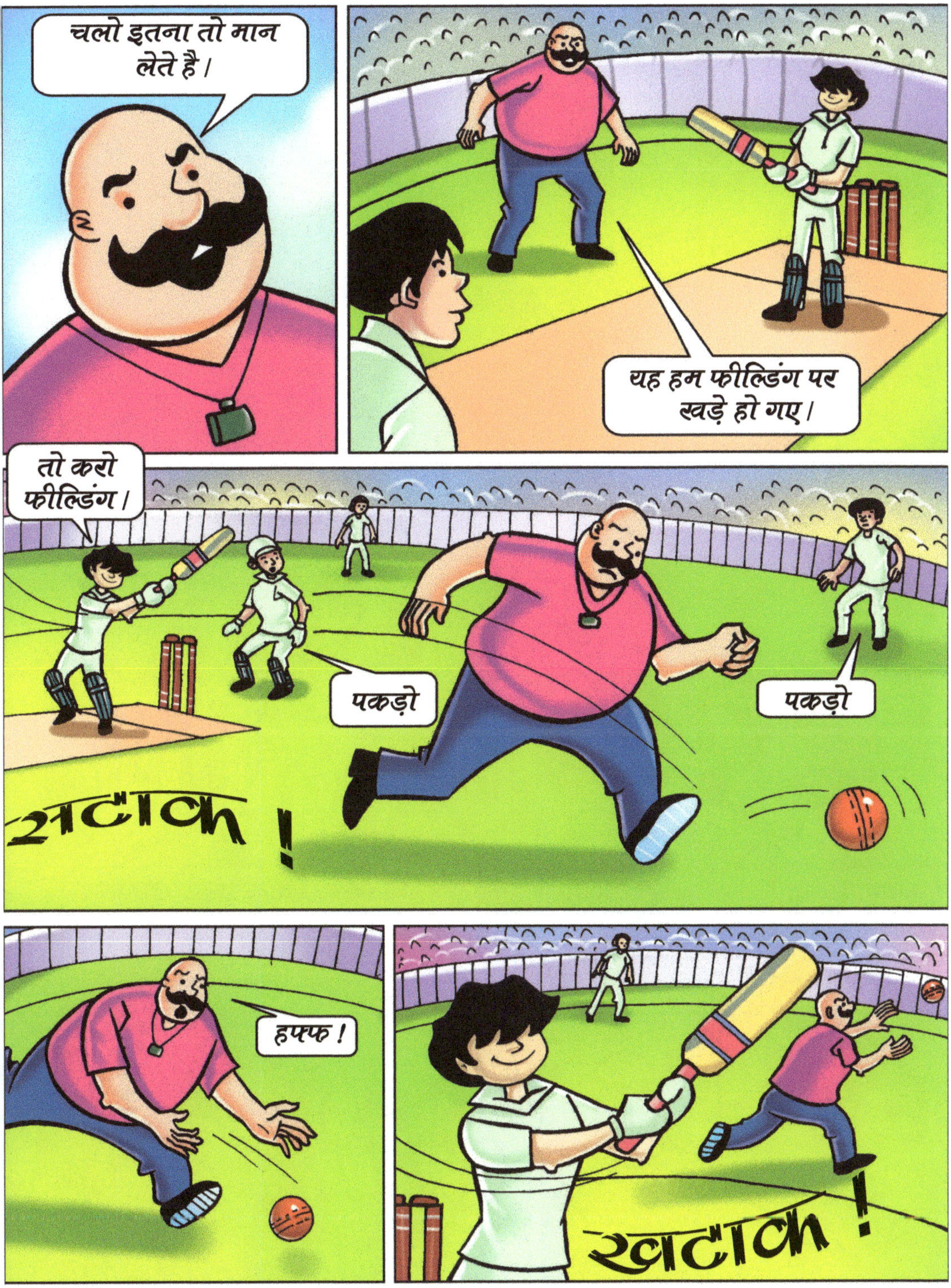

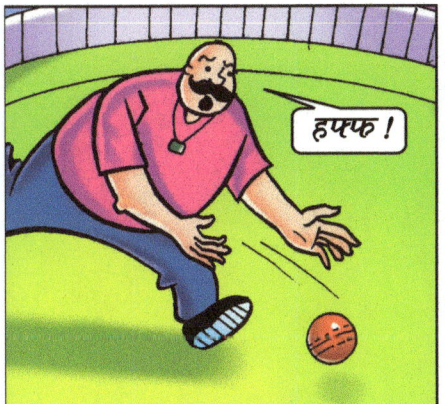

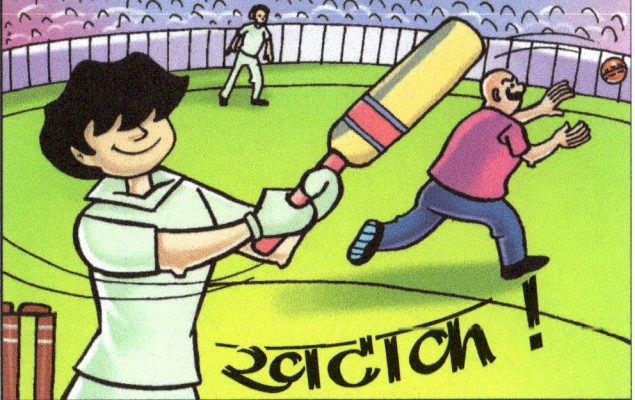

सटाक!
पकड़ू!
हफफ!
हफफ!!
थड़!
हफ्फ!
थड़!
धड़ाम म!
हफ्फ!
हफ्फ!
ओफ्फ!
आउट!
बजरंगी तुम्हारी बारी। बैटिंग करो।
क्या खाक बैटिंग करूं, फील्डिंग कर-करके अब हिम्मत कहां रही है बैटिंग करने की।

बिल्लू सुस्त अंकल

झुंपा आंटी ! बड़ी परेशान लग रही हो?

तुम्हारे अंकल बहुत सुस्त है।

आजकल यह सुस्त रहने लगे हैं।

हमेशा सोए-सोए, ना इनकी सुस्ती जाती है, ना इनकी नींद पूरी तरह टूटती है।

11

मैं कुछ करता हूं।
पों!!
कोई फर्क नहीं।
गुलगुली से बात बनेगी।
गुल-गुली गुल्ली।

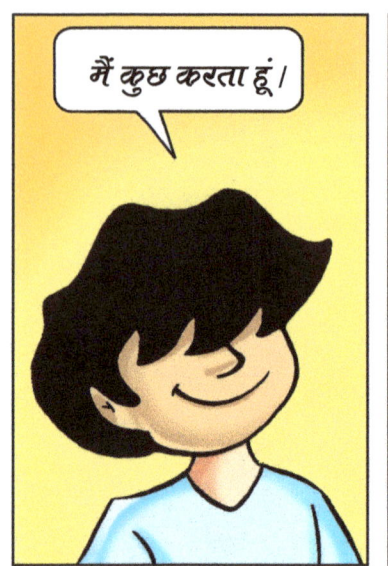

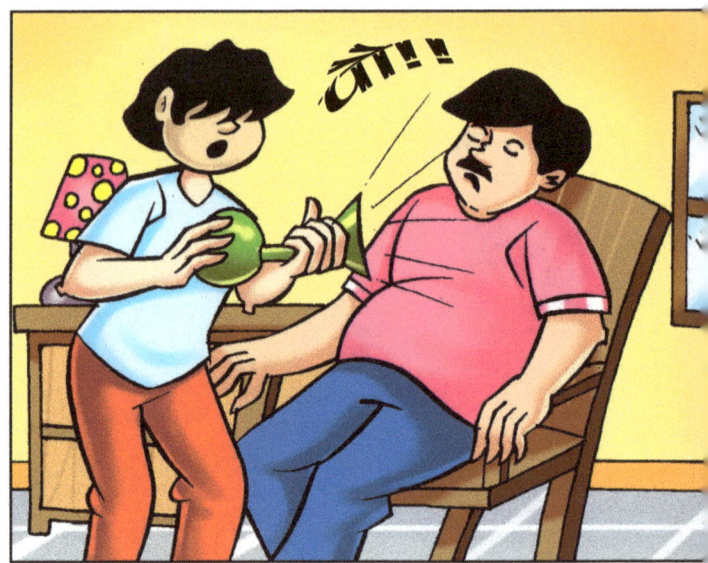

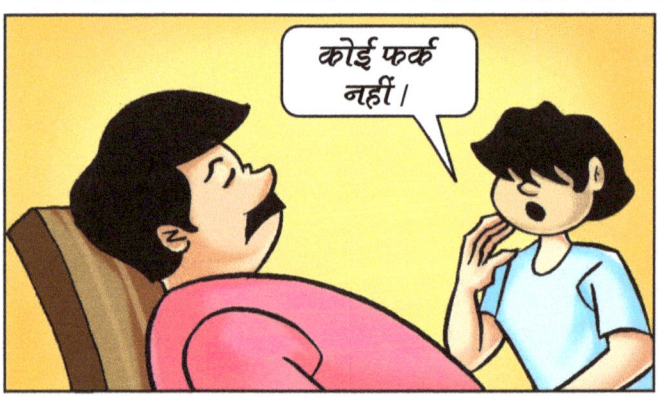

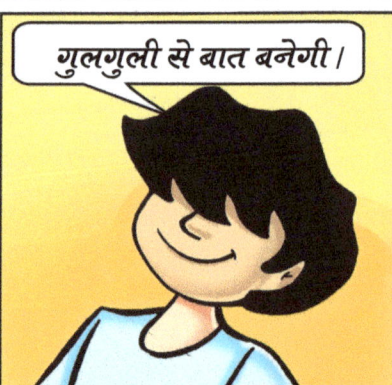

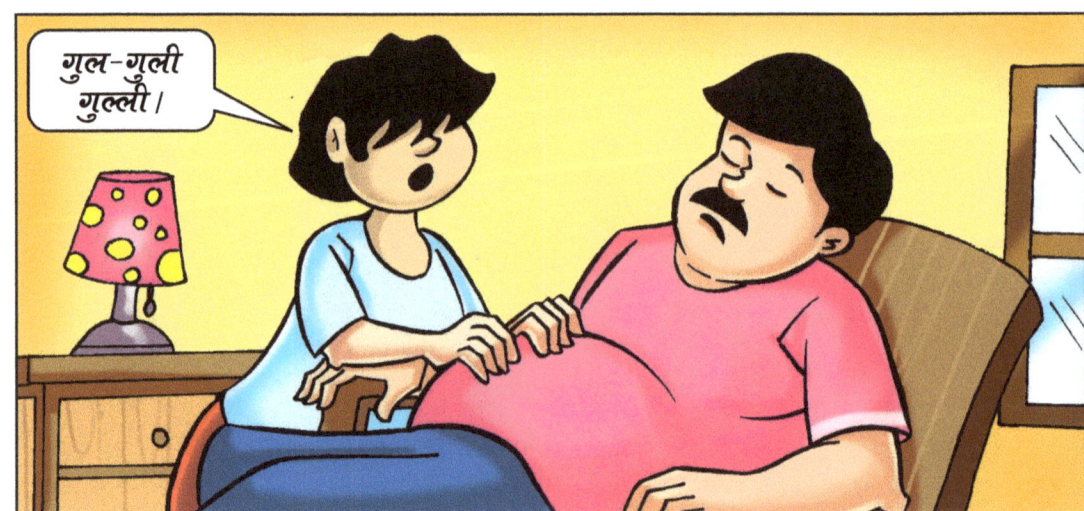

कुछ नहीं हुआ।
ठंडा पानी लाइए।
छपाक !
इसका भी कोई असर नहीं।

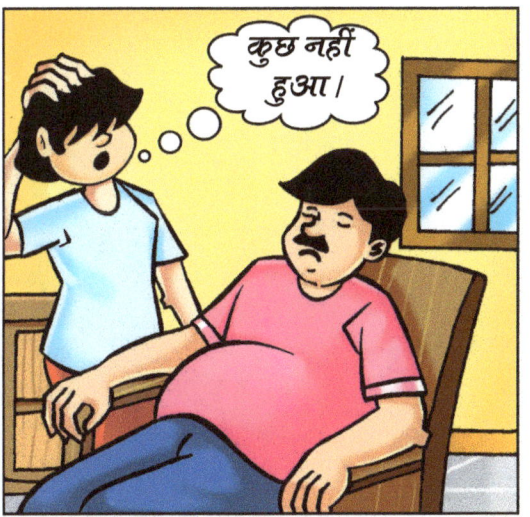

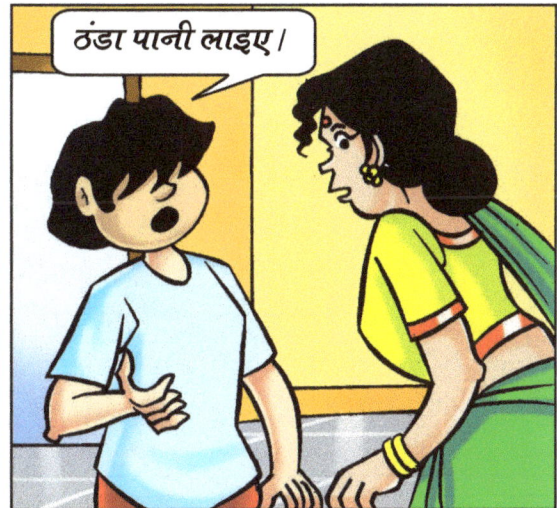

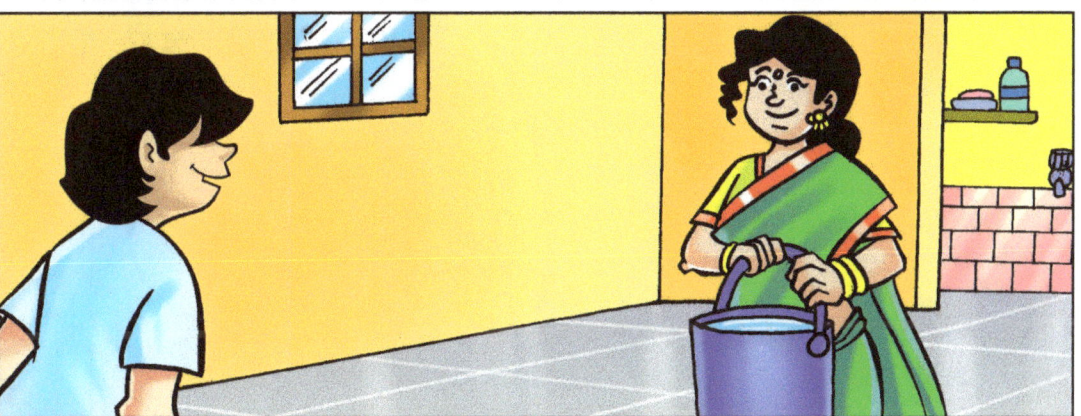

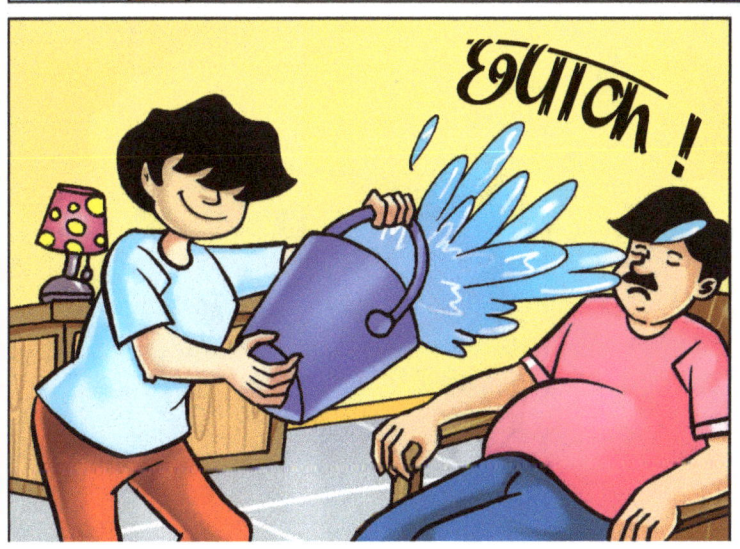

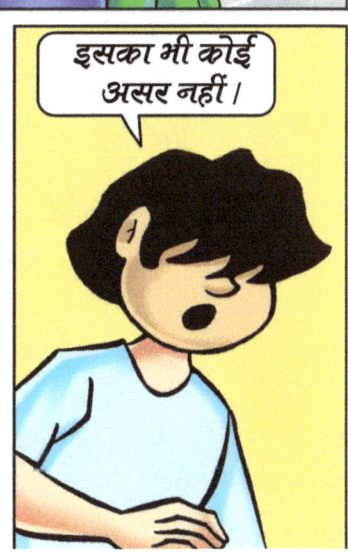

बिल्लू तुम्हारे आइडिए कुछ नहीं कर पाए।

यह अभी भी वैसे ही हैं।

बात तो आपकी ठीक है झुम्पा आंटी।

इसका मतलब यह नहीं है कि मेरे पास आइडिए खत्म हो गए।

सुस्त अंकल की सुस्ती और नींद तोड़ने का मेरे पास एक और आइडिया है।

कौन-सा ?

जरा अंकल को लेकर मेरे साथ मॉल में चलिए।
हम मॉल में आ गए। अब ?
यहां जो चाहे खरीदिए बिंदास होकर।
जल्दी ही...
सुस्त अंकल! ये लीजिए बिल! झुंपा आंटी ने बीस हजार की साड़िया और... ....और पचास हजार की ज्वैलरी खरीदी हैं।
Bill
नहीं।
यह नहीं हो सकता।
देखा आंटी, अंकल की फुर्ती।

बिल्लू लांग ड्राइव
एक ओवर में कितनी बॉल फेंकी जाती हैं।
छह!
गलत!
गलत!

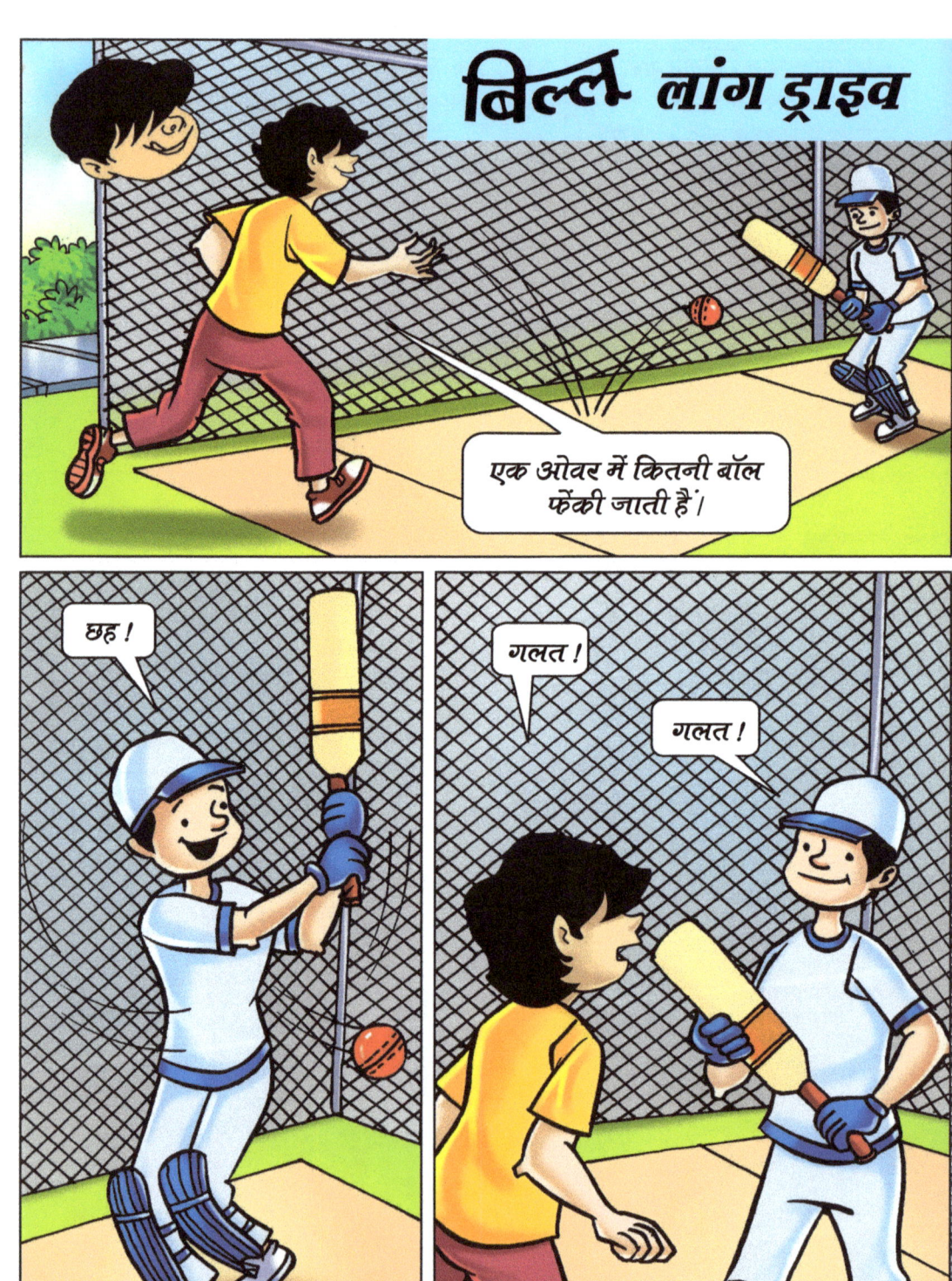

कैसे गलत ? एक ओवर में छह गेंदें ही तो फेंकी जाती हैं ?
नहीं ! गेंद तो ओवर में एक ही फेंकी जाती है, लेकिन छह बार।
चल घर चलते हैं।
मेरी बैटरी चलित स्कूटी पर।
वाऊ ! ये स्कूटी तुमने कब ली ?
कल ही पापा ने दिलवाई है।

क्या मैं इसे चलाकर देख सकता हूं ?
क्यों नहीं ?
ये लो चाबी।
घर्र र्र !!
वाऊ !
ग्रेट !

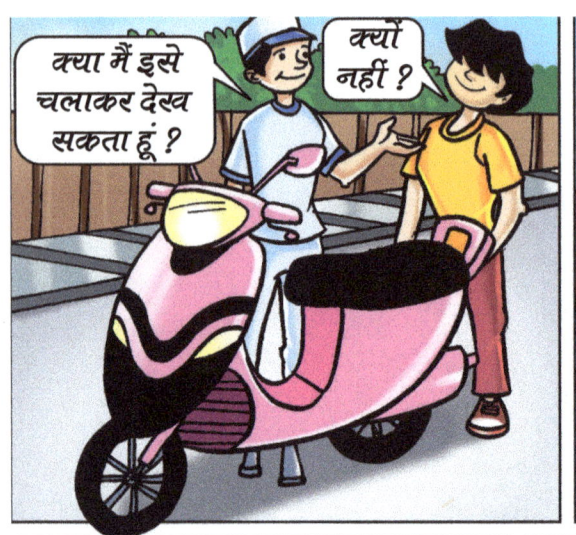

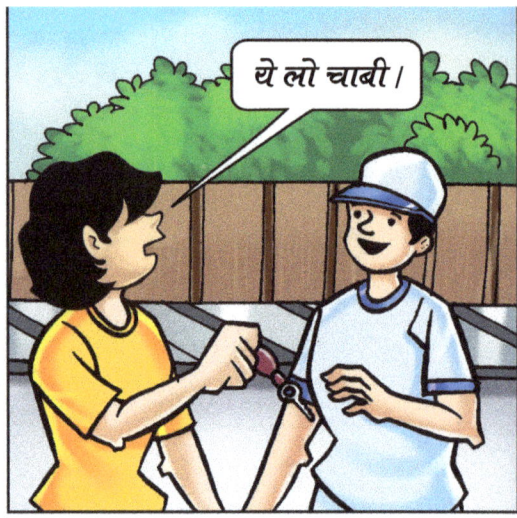

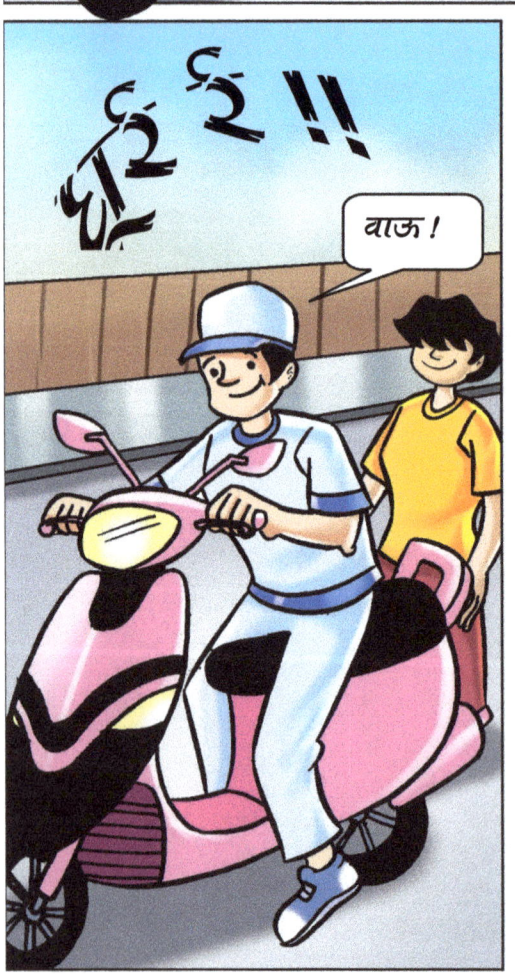

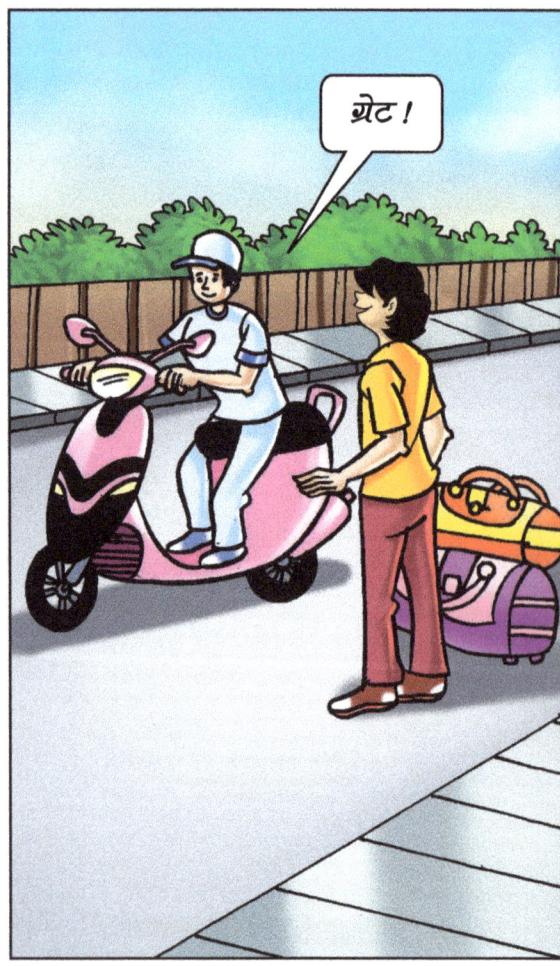

मैं इस से जरा लांग ड्राइव पर होकर आता हूं।

मोनू सुनो...।

मैं तुम्हारी स्कूटी को लेकर थोड़े ना भाग जाऊंगा।

लांग ड्राइव से जल्दी ही लौट आऊंगा।

कुछ देर बाद...
लांग ड्राइव से बड़ी जल्दी आ गए।
10 किलोमीटर से धक्का लगाकर ला रहा हूं इसे।
इसकी बैटरी तो चार्ज थी ही नहीं।
मैं यही तुम्हें बताना चाह रहा था।
लांग ड्राइव के चक्कर में तुमने सुना ही नहीं।

बिल्लू
सही समय
नमस्कार जी!
नमस्कार! आप कौन?
मैं बिल्लू हूं, आपके बारे में सुन कर आपसे मिलने आया था।
सुना है, बीस-बीस लड़कियां रोज बस स्टैंड पर आपका इंतजार करती हैं।

क्या यह सही है ?

बिलकुल।

ऐसी क्या खास बात है आप में ?

25 नंबर की बस चलाता हूं, जब तक मैं बस लेकर नहीं पहुंचता, लड़कियां मेरा इंतजार करती रहती हैं।

पता नहीं, लोग कैसे-कैसे आदमी को खास बना देते हैं।

अरे, यह घंटाघर की घड़ी तो गलत टाइम बता रही है।

कई दिन से खराब है।

कंपलेंट की है, आज कोई ना कोई ठीक कर ही देगा।
उसमें समय भी लग सकता है।
मैं कुछ करता हूं।

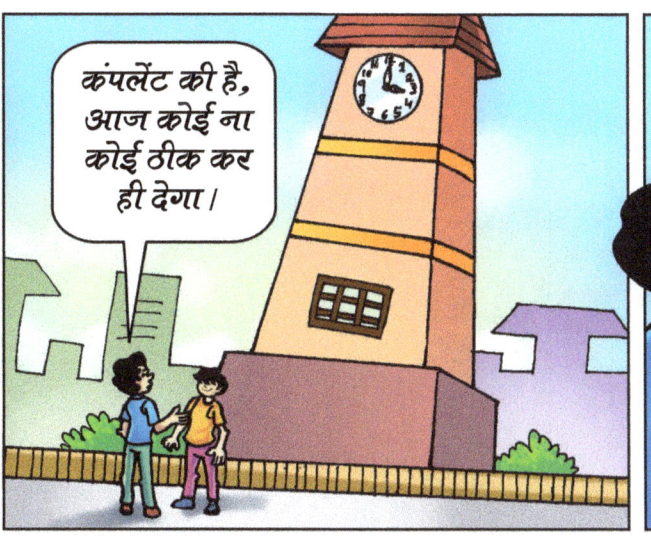

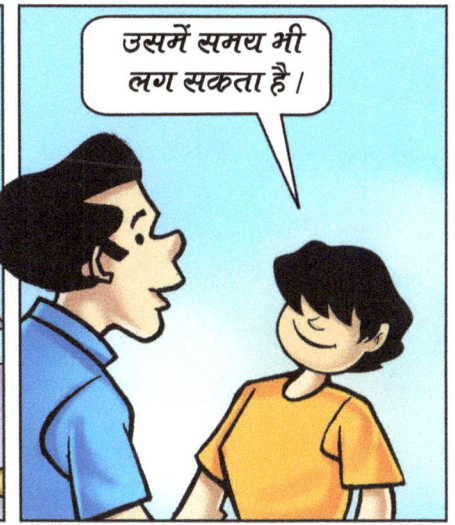

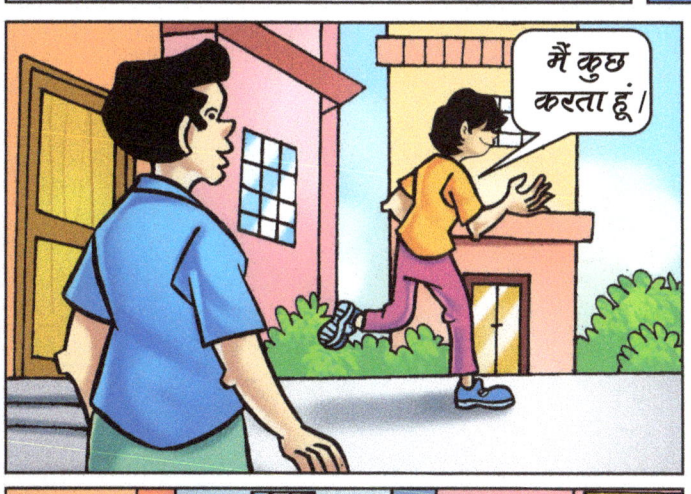

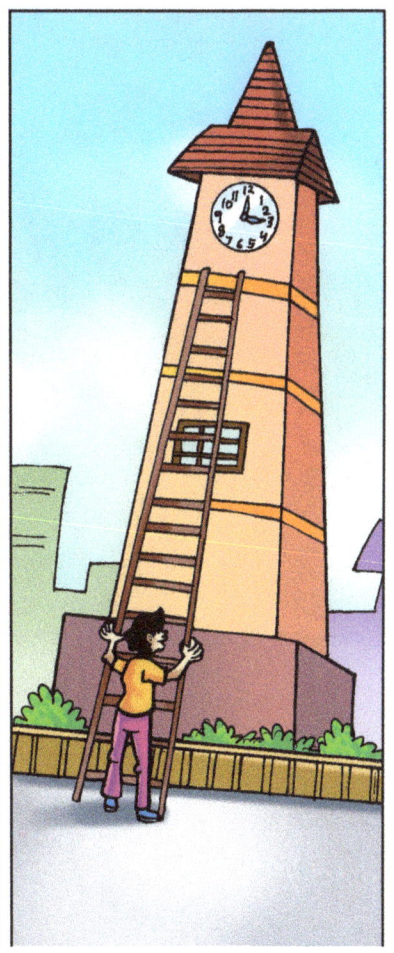

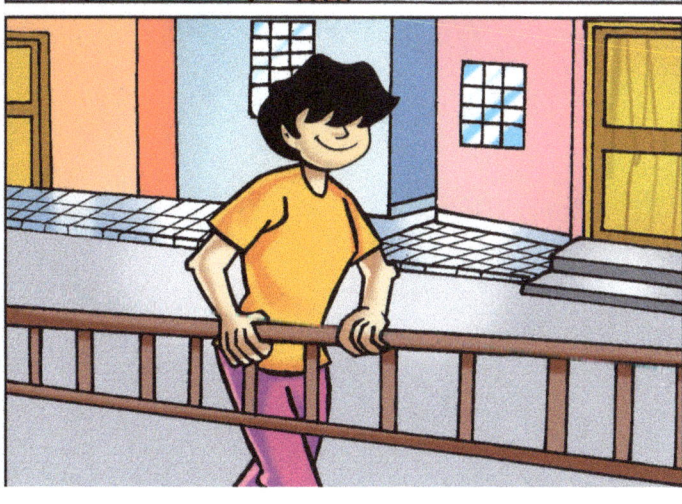

टाइम क्या हुआ ?
साढ़े नौं।
यह मैंने टाइम सैट किया।
अब ठीक है।
अब मैं नीचे उतरता हूं।

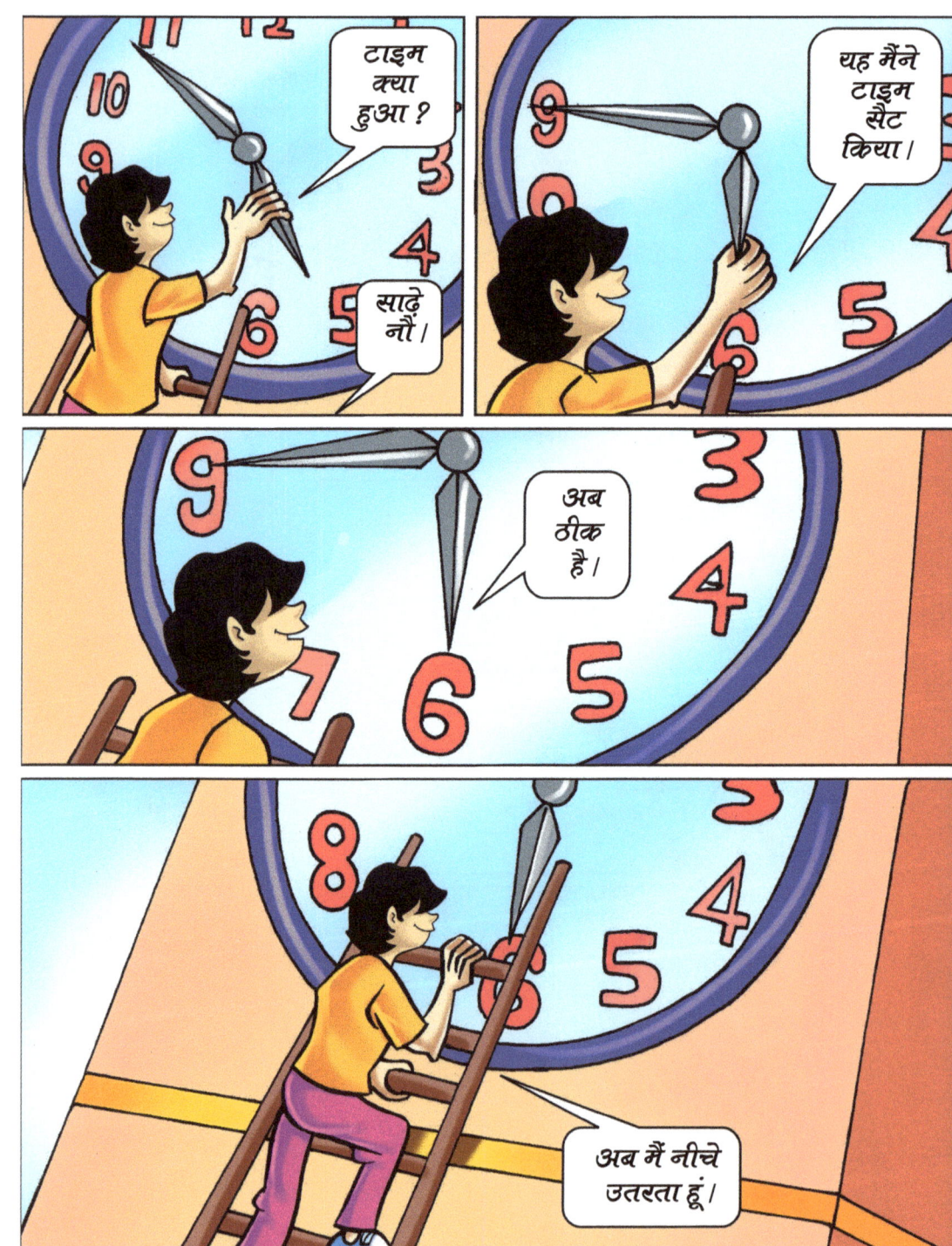

अरे ! सीढ़ी हिल गई।
मैं सीढ़ी के साथ गिर रहा हूं।
ओह !
मैं तो घड़ी की सूई से लटक गया।
ऐसे ही लटके रहो। अब घड़ी ठीक चल रही है।

बिल्व योग मुद्रा
मोनू, अपना शरीर आजकल फिट नहीं है।
क्या करें ?
कौन रोज-रोज़ योगा क्लास में जाने की जहमत उठाए।
मेरे पास एक अच्छा आइडिया है।

ऐ भाई! एक-दो रुपया दे ना।
अगर मैं तुम्हें एक रुपए की जगह सौ रुपए दूं तो?
मैं तो खुशी से मर जाऊंगा।
ऐसा है तो जा जी ले अपनी जिंदगी!
मैं तुझे कुछ नहीं देता।
तुम किसी आइडिए की बात कर रहे थे?

हां, अपने पास मोबाइल है ना,
इसमें से देख कर हम योगा कर सकते हैं।
गुड आइडिया।
शुरू करते हैं वज्रासन से।
हमने कर लिया।
वाऊ!

अब शीर्षासन !
मैं शीर्षासन की इंसट्रैक्शन पढ़ता हूं।
यह भी हो गया।
दीवार से लगकर हुआ।
अब मैं कोई एकदम अलग और शानदार योगासन निकालता हूं।

आओ इसे करते हैं।
ठीक।
थोड़ा मुश्किल नहीं है।
जरूर होगा।
है तो, लेकिन कोशिश जारी रखो। होगा।
हो गया।
हां, हो गया। आऊ।
अब इससे बाहर कैसे निकलें? आह ह!

बिल्लू
हैप्पी योगा डे
ढक्कन! आज बिल्लू और कर्नल साथ-साथ योग कर रहे हैं।
उस्ताद! आज योगा-डे है।
www.chachachaudhary.com
दुनिया भर के लोग आज योग कर रहे हैं।
पहलवान! क्या तुम्हें योग आता है?

ऐसा कौन-सा काम है, जो रूस्तम-ए-हिंद बजरंगी नहीं कर सकता ?
मुझे उस छोकरे से ज्यादा कला आती है।
चलो ! तुम्हें मैं वह करके दिखाता हूं।
अब योग सभा समाप्त। आप लोग घर जा सकते हैं।
कर्नल अंकल, बॉय !
बाय, सन्नी ब्वॉय !
पहलवान ! तुम पार्क में ?

मैं भी योगा-डे योग करने आया हूं।
बहुत खूब!
मेरी एक सलाह है।...
फूलों की झाड़ि यों से दूर बैठना।
हैप्पी योगा-डे।
ढक्कन! उसने ऐसा क्यों कहा?
वह तुम्हें बेवकूफ बनाकर गया है।

फूलों की झाड़ियों के पास खुशबूदार सुगंध में योग करने में दोगुना मजा आएगा।
वह मुझे मूर्ख नहीं बना सकता।
मैं फूलों की झाड़ी के पास आसन लगाता हूं।
सबसे पहले प्राणायाम।
अब आसन कपालभाति। सांस जोर से खींचना ...
वाह! बजरंगी तुम परफैक्ट हो।

जारी रखो।
फिर सांस छोड़ना।
सांस और जोर से खींचना।
भिन्न न!
भिन्न न!
आऊंऊ!
मर गया!
मैंने कहा था झाड़ियों से दूर रहना। वहां मधुमक्खियांऔर कीट-पतंगे बैठे रहते हैं।

बिल्लू
मां का लाडला

टीना ! तुम रो क्यों रही हो ?

मुझे उधर से स्कूल जाना है ।

वह पिल्ला रास्ते में बैठा है, काट लेगा ।

बिल्लू बहादुर के होते एक मामूली पिल्ले से डरने की जरूरत नहीं ।

आओ, देखो ! मैं उसे कैसे भगाता हूं ।

स्टाक क !

चऊ क !

अब तुम बैखौफ यहां से जाया करो।
कभी भी कोई मुसीबत हो।
बिल्लू को याद करना।
थैंक्स, बिल्लू !
गर्र गर्र र्र !
बाऊ ! बाऊ !!
मम्मी ! बचाओ।
वह उस पिल्ले की मां है।

बिल्लू - नट्टू का दिमाग

नट्टू! कैसे हो ?

ठीक हूं !

बिल्लू! आज मैं परेशान हूं !

तुम्हारी उलझन की वजह क्या है ?

मुझे एक बात समझ नहीं आ रही !

वह क्या?

आज मेरे बापू ने कहा कि...

तुम्हारे दिमाग में भूसा भरा है !

उधर स्कूल में मैडम ने कहा कि...
तुम्हारा दिमाग खाली है।
अब मैं किसकी बात पर यकीन करूं।
तुम्हीं बताओ मेरे दिमाग में भूसा भरा है या खाली है ?
तुम्हारे प्रश्न का उत्तर वह गाय देगी, उसके पास जाओ।
!?

गऊ माता ! मुझे बताओ, मेरे सिर में भूसा भरा है या खाली है ?
जवाब मिल गया।
कहां ? वह तो उत्तर दिए बिना भाग गई।
अगर तुम्हारे दिमाग में भूसा भरा होता तो गाय उसकी गंध सूंघते हुए...
तुम्हारे सिर के करीब आकर उसे चाटना शुरू कर देती।
इसका मतलब तुम्हारा दिमाग खाली है।

बिल्लू का संडे

बेटा, उठो! नहा लो। नाश्ता तैयार है।

मम्मी! सोने दो।

उठ जाओ, बहुत समय हो चुका है।

आज संडे है। मैं देर तक सोऊंगा।

उठो। पापा गुस्सा करेंगे।

जागो! आलस मनुष्य का शत्रु है।

सटाई ई!
बाहर निकलो। मुझे नहाना है।
ठकक!
आंटी! बिल्लू है?
वह आज सोकर अपना संडे मना रहा है।

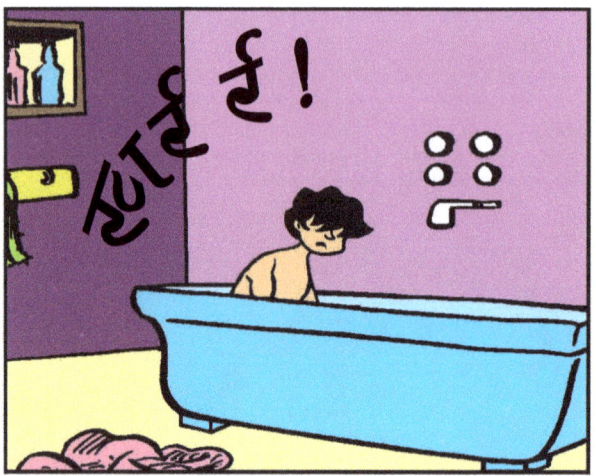

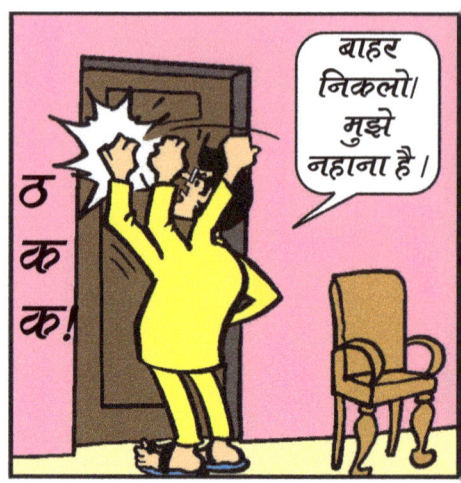

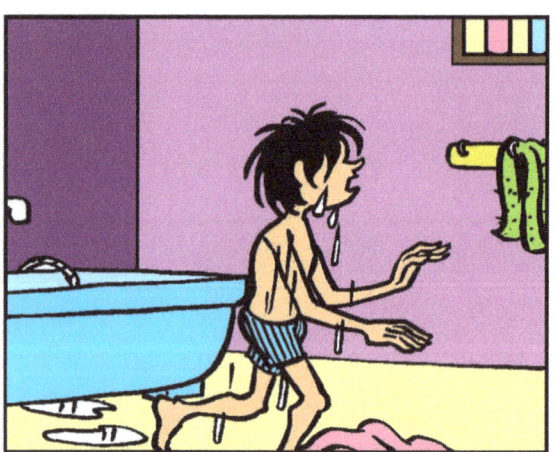

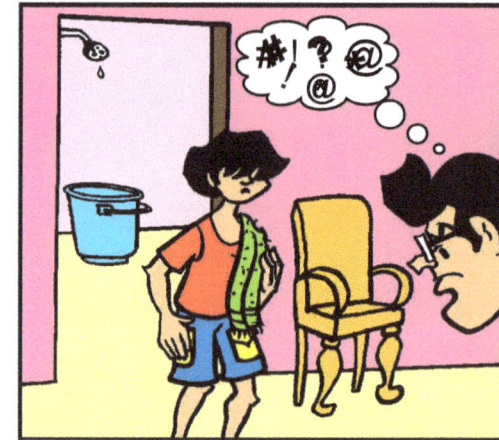

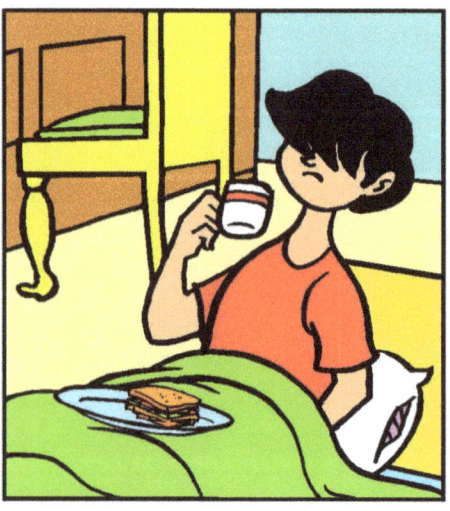

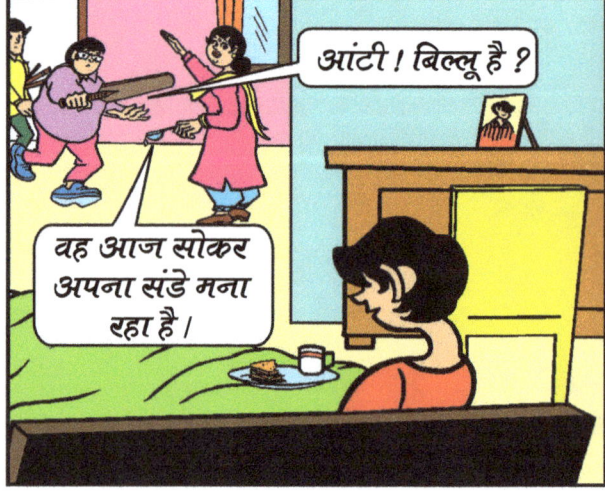

हमें कुंभकरण नहीं, क्रिकेटर चाहिए।
संडे का दिन सोने के लिए नहीं, क्रिकेट खेलने के लिए होता है।
जागो प्यारे और गोकुल को आउट करो।
अरे! इतनी दूर क्यों जा रहा है?
लंबा रनअप लेकर बॉल फेंकेगा।
वह लौटा नहीं?
चलो, देखें।
ओह! यहां भी सो गया।

इस सुस्त को संडे मनाने दो। हम खेलते हैं।
खर्र र्र !
खर्र र्र र्र
गर्र!
आर्र र्र र्र !
??
सुबह-सुबह सुस्ती फैला रहे हो। भागो यहां से।
हा ! हा !!
बाऊ ! बाऊ !!
अब बिल्लू का सारा आलस फुर्र हो जाएगा।

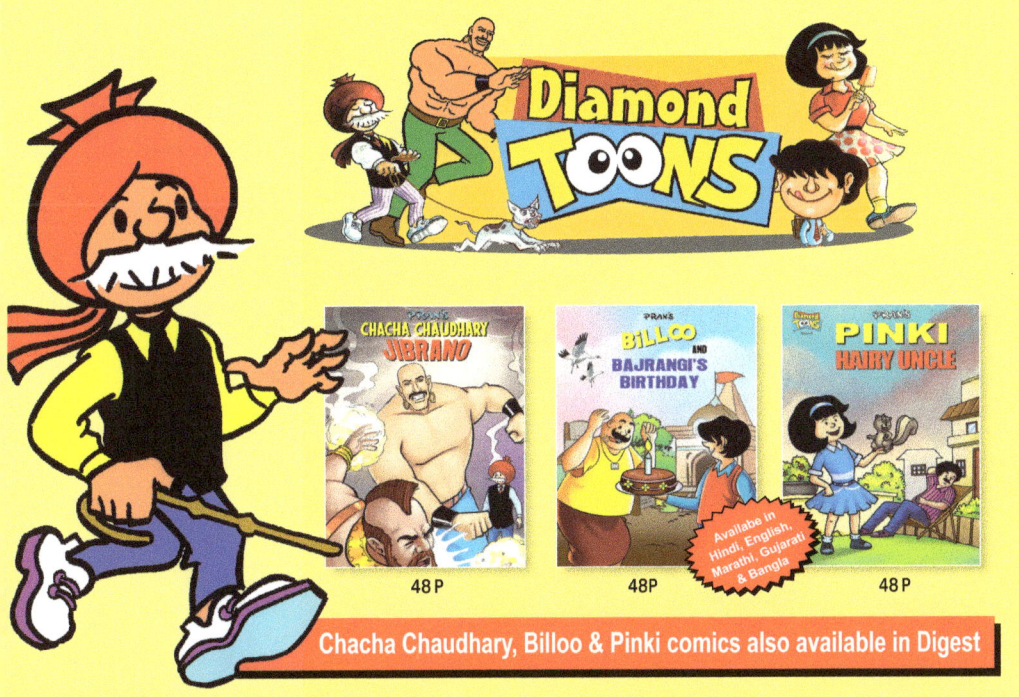

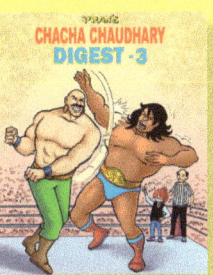
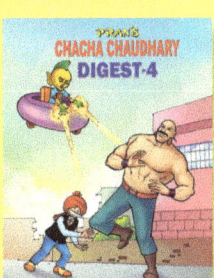
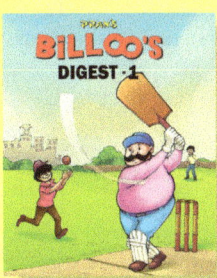

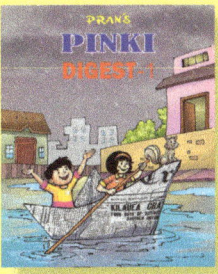

LET US LEARN
YOGA

Available in Hindi , English, Marathi, Gujarati,Bangla & Odia

Today the whole world is inclined towards Yoga. This is the high time when we can promote Yoga to our children and inculcate its benefits in to them. We have to make them understand about its importance, so that they could become hale & healthy, mentally & physically both.

This book is going to update our children about Yoga, and it would be very easy for them to understand the method of doing each asana.

In this way, they not only will enjoy Yoga, but also going to develop concentration, which in turn help them to achieve big."

Diamond BOOKS
X-30, Okhla Industrial Area Phase-II, New Delhi-110020, Ph.: +91-011-40712200
Email: sales@dpb.in, website:www.diamondbook.in

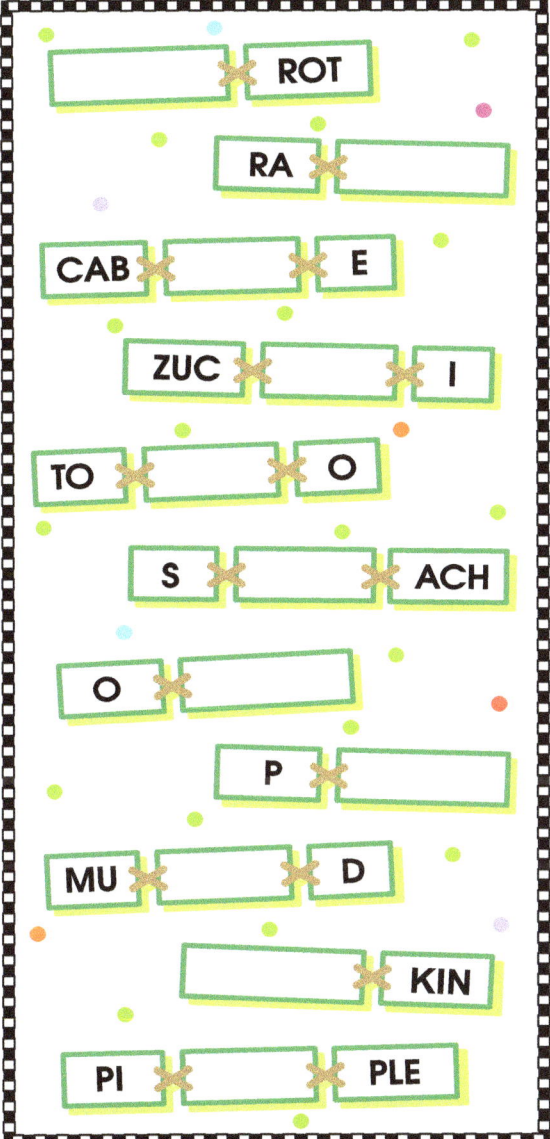

	X	ROT
RA	X	
CAB	X	X E
ZUC	X	X I
TO	X	X O
S	X	X ACH
O	X	
P	X	
MU	X	X D
	X	KIN
PI	X	X PLE

Fill in the blanks with the words BAG, CAR, CHIN, DISH, EAR, KIN, MAT, NEAP, PIN, PUMP, RANGE, STAR to reveal the names of 11 edible plants (mostly fruits and vegetables).

Fill in the blanks and send us back to win a surprise prize - write down the following details in block letter: Complete Name, Telephone Number with STD code (Mobile Number), Age, Place of Birth, Date of Birth, Gender, Email ID and Complete Postal Address with Pincode.

Discover Talent @ Diamond Toons
X-30, Okhla Industrial Area, Phase-II, New Delhi-110020
Ph.: 011-40712200, E-mail: sales@dpb.in